EL GUARDIÁN
DE LOS OBJETOS PERDIDOS

LOS | IMPERDIBLES